CRAVOS

Julia Wähmann

CRAVOS

1ª edição

EDITORA RECORD
RIO DE JANEIRO • SÃO PAULO
2016

CIP-BRASIL. CATALOGAÇÃO NA PUBLICAÇÃO
SINDICATO NACIONAL DOS EDITORES DE LIVROS, RJ

W141c   Wähmann, Julia
           Cravos / Julia Wähmann. – 1ª ed. – Rio de Janeiro:
           Record, 2016.

           ISBN 978-85-01-07853-7

           1. Romance brasileiro. I. Título.

                                    CDD: 869.3
16-33476   CDU: 821.134.3(81)-3

Copyright © Julia Wähmann, 2016

Todos os direitos reservados. Proibida a reprodução, armazenamento ou transmissão de partes deste livro, através de quaisquer meios, sem prévia autorização por escrito.

Texto revisado segundo o novo Acordo Ortográfico da Língua Portuguesa.

Direitos exclusivos desta edição reservados pela
EDITORA RECORD LTDA.
Rua Argentina, 171 – Rio de Janeiro, RJ – 20921-380 – Tel.: (21) 2585-2000.

Impresso no Brasil

ISBN 978-85-01-07853-7

Seja um leitor preferencial Record.
Cadastre-se e receba informações sobre nossos lançamentos e nossas promoções.

EDITORA AFILIADA

Atendimento e venda direta ao leitor:
mdireto@record.com.br ou (21) 2585-2002.

Para a Carol

Para o Omar

"E o corpo não agia como se o coração tivesse antes que optar entre o inseto e o inseticida."

Caetano Veloso, "Eclipse Oculto"

Somos cinco ou seis num boteco xexelento. A mesa, repleta de garrafas de cerveja, está molhada. Ameaço ir embora, coloco o dinheiro num espaço ainda não alagado.

E fico além da hora, à deriva entre um palavrório que às vezes não consigo acompanhar, pensando memórias de madrugadas em que, depois de sei lá quantas doses, um de nós saía pelas ruas apagando postes. Levanto para ir ao banheiro, minha tentativa de adiar o momento em que você fatalmente fará uma das suas declarações gritadas e embriagadas aos quatro cantos da mesa que, junto ao efeito das cervejas, me deixará as bochechas em brasa.

As cédulas se afogam. A gente fala do novo filme daquele diretor, que agora é só o penúltimo. Alguém se exalta a ponto de receber tapinhas nas costas, calma, é só uma história. Eu tiro fotos que ficarão mais escuras que o ideal e nenhum negativo captura você, sentado à minha frente. Separo e organizo as notas molhadas, absorta nesses gestos, o que dura alguns segundos. Você fica vidrado nas minhas mãos, sem ar ou batimentos pelo tempo que leva contar dezesseis ou dezoito reais em notas de dois.

"Isso foi uma dança da Pina Bausch?", você pergunta, e esbarro em duas garrafas que se espatifam no chão.

*

Talvez seja uma insistência da própria geografia: você sentado ali a poucos passos, em cores berrantes que, dias depois, mesmo naquele quase breu de uma adolescência punk, parecem ímãs. Não sei que Pantones, não sei que horas, não sei como te encontrar nas semanas que passam. Num celular arcaico de antena e teclas tento insistentemente o número anotado num guardanapo. Volto àquele inferninho, abaixo os vidros do carro ao te ver passar longe numa rua degradada em meio a um grupo que adentra um velho casarão transformado em galeria de arte por um dia ou dois e quando enfim te encontro outra vez o mundo já ostenta quatro operadoras de telefonia móvel, as pessoas já começam a desconfiar de um declínio dos jornais impressos e você mora a duas ruas e um viaduto de distância do meu endereço.

Hesito entre pedir outro café ou a conta, a garçonete hesita entre ser solidária ou ficar constrangida, até que finalmente. Mas você ainda para e cumprimenta alguém e se demora, e, quando eu me levanto sem saber como, você tira do bolso uma flor, sorri ao perceber que ela está em frangalhos, gargalha me abraçando, me aperta, me cheira, me beija o pescoço, me conta de todas as suas vidas, trajetos e alegorias, devora um sanduíche, engole águas e cervejas, gesticula grande, me convida para um cinema, para uma performance, para um grupo de leitura de filosofia, e quando estou suficientemente desconcertada com tantas possibilidades diferentes das que eu tinha imaginado você decide reparar em todas as coisas que ainda nem falei, descarrega uma série de perguntas e me encolho meio sem graça de ter um currículo tão previsível para apresentar, pior, de não ser capaz de inventar nada que te impressione tanto. Você atende uma chamada e logo topa alguma coisa que começa em meia hora até perceber que estou "com uma carinha", dá pra ouvir suas reticências quando levanta com as mãos o meu rosto. É de outono, interrompo. É a minha cara de outono.

Espero em vão que máscaras de oxigênio caiam de algum lugar.

É a temporada mais bonita da cidade, dizem, e mesmo assim você fecha a porta atrás de mim, vai até a cozinha em busca de uma cachaça recém--chegada de alguma cidade mineira enquanto eu fico parada no meio da sala de paredes coloridas. Seus amarelos têm alguma coisa só deles, ou só suas. Você volta com dois copos, eu digo que não vou beber, você se encarrega da minha bolsa e me indica o chão para sentar, perto dos discos, serve duas doses, repito que obrigada, você escolhe uma música enquanto fala de uns dias em meio a cachoeiras, ladeiras, ruas de pedras e santos. Vira o primeiro copo, aguardo uma careta e você para por alguns minutos. Escolhe um dos discos espalhados ao meu lado, coloca na vitrola, me puxa para perto e nos segundos que precedem um beijo 40% alcoólico os seus olhos são perfurantes. É a voz da Gal que ecoa pelo apartamento enquanto me apaixono pela textura dos seus cabelos. Você fala de poetas enquanto investiga as minhas mãos de dedos intermináveis, toma a segunda e a terceira doses, insiste outra vez e é como se de alguma maneira eu soubesse que você acabaria indo embora antes do tempo, e por isso quero estar sóbria pra prestar atenção aos detalhes e guardar instantâneos pra se um dia precisar usar.

Na tarde seguinte te encontro na praia com a promessa de que vou provar o melhor milk-shake que há. Os dias parecem mesmo mais caprichados, o milk-shake não desaponta e passamos horas assim, debaixo do sol, até que um ventinho, o casaco meio amassado que tiro da sacola de pano, até que uma mania sua se esboça, a de me achar bonita demais, o que só serve para deixar minhas bochechas vermelhas idem.

No outro dia meu cabelo está imprestável, não importa quantos vidros de xampu eu possa esvaziar. É uma combinação de maresia e umidade que se entranham, além das suas mãos. De todas, esta é a hipótese de que mais gosto, e a que mais me amedronta.

Nas semanas seguintes essa mesma mistura de cachos e exterioridades que se tornam mais e mais presentes, até uma manhã em que seu telefone não responde, eu amarro um lenço na cabeça para disfarçar a bagunça e em algumas horas sinto as têmporas latejando, uma dor sincopada que me atormenta. Desfaço o laço e fico por dias com o sinal de mudo. A dor cresce num ritmo que me faz querer pegar em armas, e quase o faço quando, num descaminho, te encontro de novo, sorrindo, dançando, clichê dos clichês, agarrado a alguém de quem eventualmente se desvencilha, me abraça com sei lá quantas doses, e descarrego uma bala que me acerta bem nos pulmões, suspendendo a minha respiração quando você me cheira, suado. A segunda miro nos meus pés, que tropeçam incapazes de acompanhar seu ritmo quando você me rodopia, e atiro nas minhas mãos que de jeito algum encontram de novo seus cabelos crescidos depois de quanto tempo, três, quatro meses? Meto uma bala na cabeça quando você desvia de um beijo que não consigo te dar, caio no chão quando você anda pra longe, pra não te ver com ela, e repito o suicídio toda vez pra não te ver com outra. E te odeio por anos, e nunca sobra munição pra te matar junto.

— Já não fazem mais postes apagáveis.
— Nem pessoas.

É sempre domingo, mesmo que seja qualquer outro dia, quando desabam tempestades por aqui. Busco abrigo num shopping que cheira a corante industrial de biscoitos, tamanha a quantidade de crianças que teve a mesma ideia. Gente fantasiada de gato, de príncipe e de bichos híbridos distribui filipetas teatrais enquanto tento chegar às escadas rolantes. Me afundo na cadeira de uma manicure qualquer, o telefone cai na bacia cheia de água onde devo colocar os pés e agora além dos pisantes tenho as perspectivas daquela noite afogadas também. Calço um par de chinelos recém-adquiridos e paro no café da livraria para arquitetar uma fuga quando percebo uma algazarra ainda mais barulhenta que a das famílias pelos corredores: você gesticula imenso e ri e fala obcecadamente sobre um livro e me faz uma festa, puxa uma cadeira, me abraça e de repente estou em meio aos seus amigos que me olham interrogativos. Sem querer interrompo a discussão literária e sem perceber a conversa é retomada indiferente ao fato de que você se derrete ao me reparar meio urgente em ir embora, dessa vez sou eu que anoto um número num pedaço de papel, escapo sorrateiramente sem pagar meu chá e passo horas dentro do carro com uma chuva barulhenta demais pra decifrar que disco é aquele que eu mesma escolhi.

É temporada de chuvas, parece, e arrisco convidar um amigo para uma dança cuja descrição no jornal é duvidosa a ponto de eu me desculpar com ele por antecedência. Acabo sempre me sentindo responsável pela desgraça no palco e na plateia. O coreógrafo se apresenta e diz a todos nós que as cerca de duas horas prestes a começar passarão mais rápido do que possamos perceber. Ele sai de cena e um dos bailarinos entoa, à capela, o "hino da casa". "Baby One More Time", da Britney Spears, arranca risadas. A minha solidão também está me matando.

Deixo a poltrona entre divertida e frustrada, com a impressão de que às vezes é uma questão de edição. L., por sua vez, não deixa pedra sobre pedra: "Se fossem alunos de um curso de teatro obscuro teríamos achado uma merda!"

Sentamos para o nosso cappuccino preferido, aquele industrializado o suficiente para nos esquentar sempre com o mesmo sabor. É reconfortante poder confiar em alguma constância na vida.

É tempo também de alguns esbarrões em que você é glacial. A pele não gruda e não há resquício de fagulha, a gente se encontra e não parece fazer diferença, quando você dá as costas eu fico gritando à beira de um abismo que só me devolve o meu próprio eco. Quase te peço que finja, que encarne algum tipo de disfarce, que me atordoe de algum modo, que não me deixe passar em branco assim.

O comprimido aplaca a ressaca, mas o teu silêncio ninguém cura, e os dias seguintes só existem para provar que nada é tão ruim que não possa ser agravado por uma queda do sistema, seja ele qual for, principalmente o nosso.

Te escrevo um bilhete para falar dessas coisas e furar o bloqueio, e só o que consigo fazer é descrever a última cena que vi, porque de alguma maneira me sinto incapaz de executar meus próprios movimentos.

O cenário é formado por paredes que dividem dois apartamentos vizinhos. De um lado alguém gasta um tempo sentado em uma poltrona e em um telefonema para uma espécie de disque-amizade, enquanto do outro um bailarino faz a coreografia de gestos desconjuntados e nervosos, de cabeças e balanços que se quebram num ritmo todo pontuado por dobras e poses que o corpo faz para marcar pausas. O movimento, porém, começa tão imediatamente que é preciso ser rápido no exercício de inspirar e começar a expulsar o ar no próximo passo.

A conversa ao telefone é abafada pela música, algumas poucas frases se distinguem. A bailarina faz uma nova ligação e pede uma pizza, que chega alguns minutos depois, depositada no meio do palco por um entregador meio divertido que vira o protagonista daquela noite.

Um telão no fundo do palco exibe um outro bailarino que dança do lado de fora do teatro. Alheio a tudo o que se passa em cena, ele executa a dança quebradiça banhado pela luz amarela da iluminação pública. Os bailarinos vizinhos abocanham fatias de pizza até finalmente derrubarem a marteladas as paredes que os separam. Porque não sabe de desabamentos, e porque sua fome é de outra espécie, o terceiro bailarino segue com suas investigações angulosas provando que, afinal, há solidões e solidões.

Meses depois vejo quatro chamadas perdidas de O. durante a madrugada. Mas não é ele, e sim você, pra me avisar que já é Carnaval de novo.

Você me abraça molhado e eu pergunto se isso que cobre a sua roupa é chuva ou suor, mesmo já sabendo a resposta. Sua gola de filó quadriculado me faz cócegas e sua lágrima preta é agora só um risco. "Tá fantasiada de quê?", você pergunta embriagado, e a gente chega tarde demais para um bloco que já saiu enquanto eu tento mudar de assunto ou trocar a música do seu carro: jornais velhos, um cocar, tênis de corrida e uma falta de ordem generalizada no porta-luvas, despejando nos meus pés CDs sem capa ou silêncio.

Seguimos para outro bloco, você já perdeu as contas, e toda a exclusividade que eu quero fica em suspenso, quem sabe uns tantos sambas depois — você fazendo reverências e me puxando pra perto, dizendo coisas incompreensíveis no meu ouvido e encontrando um caminho para a sua mão, gelada da lata de cerveja, pela minha nuca, pelas minhas costas, protegida por uma blusa brilhante e pela confusão à nossa volta. Sinto aquele impulso de afogar meu nariz no seu pescoço e negociar com o meu temor dessa sua intermitência. Como é que vim dar outra vez nesse lugar, e você parece adivinhar meus pensamentos depois de me olhar de perto por um instante. "Vamos inventar outra coisa", o que me deixa suficientemente irritada para bufar e inaugurar uma briga. Seus dentes cerrados, seu ar de "agora, não", alguém acena de longe e você se afasta tropeçando, eu te sigo com os olhos e de repente é Quarta-Feira de Cinzas.

E então a sua mania de me achar tão linda e trincar os dentes, e o jeito como você arqueia ainda mais as sobrancelhas: seu rosto tem uma melancolia quase sempre misturada nessa sua fúria que irrompe quando eu digo não. Volto atrás porque é verão, porque essa sua insistência, porque já posso te ver estatelado ao sol, seu sorriso se abrindo quando me avistar debaixo de chapéu, óculos, fator de proteção.

Estendo a canga e você me conta do livro que está lendo ("O que pode um corpo?"), de um filme, de uma peça e da sua voz rouca brotam cenas, cores, ideias, músicas, perguntas e performances que nem em três encarnações eu conseguiria saber, e isso é parte do fascínio: uma coleção de vidas, suas mãos que só param quando você segura o meu rosto, me dá um beijo e fica tão perto que nossos cílios se embaralham e penso uma coleção de palavras: destemor, cangote, superlativo, sequestro.

Atravessamos a rua, encontro suas paredes novas, mais desbotadas que as anteriores. Os seus chinelos por cima do meu vestido florido anunciam um folclore que reencenamos: os meus dedos que se enterram pelos seus cabelos, o vai e vem dos seus calos pelas minhas costas desalinhadas, o chiado da vitrola na sala. Você cai num sono pesado e eu olho seu peito subir e descer e procuro pintas pelas suas pernas, pelos seus braços e olho tão detidamente pra essa calma que agora você exala, minha velha tentativa de apreender o máximo possível ou de encontrar um detalhe que só eu saiba, que só eu guarde. O que pode um corpo: anarquia, vastidão. Pela fresta da sua boca aberta posso ver seus dentes cerrados: fico com eles. Saio de fininho e é só quando abro a porta que percebo que já é dia seguinte e quando chego em casa parece que desembarquei em outro país. Penso: tumulto.

E, ainda assim, em cada trégua um tipo de imperialismo se impõe, e fico mais dona de tudo o que é meu: joelho, ligamentos, pescoço, mãos, tornozelos, tesão, calma, pausa, ataque, articulações, pulso.

Naquela festa a gente se acaba de ter que tomar relaxante muscular depois. "Seu quadril nunca tá no lugar", você brinca, e tento te descrever meus *grand-pliés* e saltos cada vez mais abreviados nas aulas de balé. Pela primeira vez com você encho a cara de esquecer o trabalho e a sua volatilidade. Quando vou embora ficam umas lantejoulas do meu vestido no seu banheiro, junto a cacos de vidro que deixam no ar a possibilidade de uma pequena batida de carro enquanto você estacionava em local proibido.

Antes, porém, você me aperta de quebrar as costelas e faz uma lista de todas as reentrâncias do meu pescoço. Como num papel invertido, você inventaria todas as minhas pintas, some por dois minutos pela cozinha adentro e volta com uma flor amarela meio murcha, sussurra no meu ouvido propostas indecentes — um filho, uma vida e um jardim — e diz que eu sou uma impossibilidade nesse mundo. Não entendo se isso é um elogio, uma constatação, mas alguma coisa soa como despedida. Sua cara de outono se esboça, pergunto o que houve e você logo emenda uma afirmação meio sem lógica que possivelmente me assombrará por anos: "Com você eu me sinto possível."

É isto o que acontece, na maior parte das vezes, dali para a frente: você sempre atrasado, suado e descabelado com a camisa aberta, metendo medo com uma dose de estupidez pronta para explodir toda vez que eu recuo, desviando de meia dúzia de cadeiras da porta do restaurante, do bar, do café, até a mesa onde eu te espero irritada balançando os pés. Cumprimenta gente pelo caminho e não se furta a conversar, perguntar, gargalhar e contar qualquer caso interminável, adiando todas as reclamações que eu vou fazer, me olhando de esguelha para controlar meu mau humor, para me alcançar no limite do tolerável, uma hora e meia depois, sessão perdida, ingressos no lixo, dois cafés e quarenta páginas de algum livro que agora sempre carrego na bolsa, um desconforto lombar, além de certo olhar de pena dos garçons. Eu quase chuto a mesa nessa repetição de impaciência que as minhas pernas, alternadas, executam, a sandália já escorregando dos pés. Estufo o peito e antes que tenha chance de soltar o ar e os cachorros você sorri e tira do bolso uma flor destrambelhada e já quase sem pétalas, e de repente eu viro plateia dessa sua performance que varia pouco, mas é sempre outra, e fico outra também: mole, despida, enroscada no seu teatro e nos seus travesseiros.

Raymond Queneau escreveu a mesma história cem vezes, além de tudo o que já foi feito da mesma forma, só que de outro jeito.

A coreografia a que assisto nesses dias é como aquele barulho crescente do alarme que ficou escondido em algum canto de casa. Duas bailarinas parecem ancoradas em rodopios incansáveis ao som de uma música repetitiva que me catapulta para uma espécie de transe. Não adianta procurar, o corpo só silencia dias depois.

Penso: angústia, bússola, dízima periódica.

Há uma espécie de comunhão que fica para trás depois que cessam os aplausos, e que é o que me lança numa busca desenfreada por esses encontros em que o mundo se resume a dois polos — o que eu miro e o que me observa. Não se trata exatamente de gostar, mas sim de tentar decifrar o que se constrói no momento em que os gestos do outro te carregam e te abrem possibilidades de desenhar novos movimentos também. É um tanto efêmero, e fica para trás esse vislumbre de um corpo possível e novo, ainda que seja constituído das mesmas camadas de epiderme, órgãos e músculos já meio aniquilados.

Fica para trás essa sensação de, ao ser levado, poder carregar alguém junto.

Tantas vezes te vejo passar e te deixo ir do outro lado da calçada, quase sempre acompanhado, às vezes não. E não é por falta de vontade, como pode parecer, mas por um tipo de ferrugem que vai se espalhando, porque os pés parecem criar raízes, porque as articulações rangem ao menor esforço.

Deve ter a ver com o trânsito, com o fato de que a rotina trabalha para que você não consiga chegar a tempo e para que aqueles dias de piruetas, *piqués* e pêndulos caiam no limbo das impossibilidades. Os fios de cabelo que, suados, grudavam na nuca em questão de minutos, rodar pela diagonal e se apoiar na barra para buscar a toalha empapada, explorar o chão de linóleo em sequências que eventualmente terminam com o rosto ligeiramente esmagado contra o piso, gostar de Gatorade às 21h15 de segunda-feira no verão. Tudo isso vai sendo varrido para debaixo de um tapete cada vez mais difícil de erguer.

— É sempre virose, maresia ou mau contato.

— Ou saudade.

Você pergunta por que estou tão triste, eu não entendo como você pode estar tão rouco, você se espanta em como estou tão branca, e em meio a esse marasmo otário e essa inércia fico com aquela música: "Não sou eu quem vai."

E, porque não sou eu quem vai, morro previamente de saudades da sua imitação de Jards Macalé e do seu jeito de falar como quem sublinha palavras, e inicio uma busca por piscinas para desbravar, por ambientes isentos e que não tenham impacto em dores cada vez mais frequentes.

L. me convida para um balé e, quando confirmo, por mensagem, que sou inteira, recebo um "que bom!" de alívio.

Ficamos atentos ao murmúrio da saída do teatro e algumas pessoas dizem, em tom de desprezo, "mas era só dança!".

Mas precisa sempre ser algo além disso? Não pode às vezes ser uma coisa só?

Num intervalo de quatro dias morrem o Michael Jackson, a Pina Bausch e o meu fôlego, além dos meus dedos excessivamente enrugados em silêncios aquáticos, tediosos e sem aplauso algum. A piscina não mudou de tamanho, mas a borda oposta parece cada vez mais longe.

Aqueles corpos ensanguentados por ketchup parecem bestas em alguns momentos, e santos em outros, e o tempo todo parecem tão crus, não têm nada a ver com o fato de estarem despidos ou não. O que está mais exposto é de outra natureza, é um tipo de resistência frente a tudo o que pode sangrar, eviscerar, tudo o que pode ferir ou inviabilizar um corpo e, portanto, impedir o movimento que os bailarinos executam.

Em meio a um banho de vermelho, num trecho específico em que visualizo os intérpretes como se juntos numa vala comum, fico tonta quando uma bailarina parece velar um corpo cantando "Alecrim, alecrim dourado, que nasceu no campo sem ser semeado", num fiapo de voz fora do tom, também suas cordas vocais que não cedem a qualquer embate.

Quando chegar em casa encontrarei a terceira tentativa de horta dizimada. *Se* chegar em casa. De alguma maneira, parece que fica para trás um pedaço, possivelmente uma fatia espessa do intestino.

Numa tentativa de reconstrução, pergunto ao sujeito da barraca de plantas se ele tem hortelã e depois de uma panorâmica pelo local ele responde "não, mas tenho begônias". Fico tentada por essa lei da compensação, mas confesso que não entendo bem como ela pode funcionar — especialmente porque nadar não tem me salvado de me afogar na saudade que sinto de certos gestos.

Dou meia-volta, desisto do verde em casa. E penso em desistir da casa, porque tenho uma impressão cada vez mais constante de que alguma coisa me espreita, um tipo de dispositivo desses que carregam gente pra longe, não sei se eu ou você.

— Só hoje me dei conta de que o Major Tom morre no final. Eu estava no metrô e achei que ia engasgar de tanto chorar.

— Depois de quinze anos ouvindo essa música?

— Às vezes é meio confuso entender quem ainda está vivo no mundo.

Num último episódio onde há informação demais pra ser processada você diz que sou complicada, problemática, medrosa, moralista, a coisa mais linda do mundo e ainda meio punk, e que não sabe o que fazer comigo.

Como é que degringolei assim a ponto de parecer um elefante branco?

E como é que, ainda assim e apesar disso, você se despede com promessas tão furadas quanto as dos anúncios de xampu?

Calculo, em retrospecto, anos de insistências para as quais eu disse não. Almoços, mergulhos, jantares, shows e danças que neguei exercitando minha capacidade de escapar de você, da sua desordem, da sua estupidez tão intensa quanto o seu desejo, da eterna falta de desculpas de sua parte, de um caos completo que ficava por aqui em despedidas que nunca tinham prazo e que eu nunca sabia se durariam um dia ou uma existência. Anos em que, eventualmente, você fazia cessar conversas para comentar com todos à sua volta sobre o que você insistia em achar uma beleza meio século XIX, eu.

E eu, olhando pros lados pedindo socorro, O. rindo de toda essa mania que ele sempre diz não entender, todo aquele teatro que fatalmente eu acharia uma merda se feito por um grupo qualquer, você esgarçando um sorriso que me deixa no chão, a gente escapulindo para um canto, eu escapulindo de uma outra briga etc.

Eu, que, ironicamente, fui a última a tirar do bolso, para você, uma flor espinhosa demais.

*

Estou sentada na poltrona 33, fila H. As cortinas abertas revelam, no palco, uma escultura: à direita da cena, a forma tem os contornos de um rabo de baleia e reina sozinha enquanto o público toma seus assentos. No programa daquela noite assistiremos a *Ten Chi*, da Pina Bausch. Até o final da performance: três horas terão sido transcorridas; cerca de oito pessoas à minha frente terão aproveitado o intervalo para abandonar seus lugares na fila G; uma torrente de neve — ou flor de cerejeira — que começa no primeiro ato e se intensifica na pausa e na segunda parte terá forrado de branco o palco, encobrindo bailarinos, vestidos e cabelos, estes adquirindo um corpo próprio e executando uma coreografia à parte.

Saio do teatro num choro tão físico, de soluços e arquejos, segurando-me pelo corrimão escada abaixo: *Ten Chi* penetra os alicerces do corpo, alterando principalmente as capacidades musculares e gástricas. Tivesse uma epígrafe, a do meu pranto seria aquela que diz que "a leitura seria o lugar onde a estrutura se descontrola".

Esse descontrole: uma invasão de afetos não catalogados; gatilho de lágrimas e de uma paralisia momentânea; o choque de reconhecer no corpo alguma coisa tão primária e complicada de dimensionar; motor de ideias e de gestos que substituem a fala quando se tenta, inutilmente, explicar para alguém — braços e mãos que se dobram e se projetam da direção do abdome para a frente, como se pudessem tirar do estômago alguma tradução diante dessa dança.

Braços e mãos que se dobram e se projetam da direção do abdome para a frente, como se pudessem tirar do estômago máscaras de oxigênio, já que elas nunca despencam nos momentos certos.

Essa desmedida: convém persegui-la.

O despertador e o ruído do ar-condicionado: inspiro o ambiente seco, as costelas inflam. O ar sai com um bocejo. Flexiono as pernas e abraço os joelhos contra o peito. Quando estou suficientemente aninhada desfaço o nó, estico as pernas paralelas ao colchão, estendo os braços na direção oposta, abro as mãos em dez direções. É como se as costelas descolassem umas das outras, como se as mãos pudessem alcançar os objetos que estão numa extremidade do quarto enquanto os pés fossem tocar uma das portas dos armários no outro canto. Bocejo de novo, relaxo e me abandono. Repito a operação. Quando relaxar outra vez vou apertar metade do rosto contra o travesseiro, sentir uma lágrima que escorre do terceiro bocejo, abrir os olhos: o despertador, o ruído do ar-condicionado e um brilho na mesa de cabeceira — não sei se brincos ou pedaços de um vestido que usei na noite anterior.

Naquele seu livro folheio dezoito cartas, nenhuma delas endereçada a mim, e todas falam de pele. Tenho o impulso de responder a elas assim mesmo. A previsão é de chuva, trens e turistas que fazem malabarismos na tentativa de capturar em uma única foto a paisagem principal. Fico aqui nesta cidade porque não me aconselham a ficar na outra: uma placa de boas-vindas que indica que lá existem três McDonald's. O tempo passou, já são nove, mas, mesmo assim, a Barra da Tijuca conta muito mais. Imagine esse lugar: não consta em nenhum guia de viagem da Alemanha; a Wikipédia se resume a descrevê-la como o berço da aspirina e de Engels e sua maior atração é um trem suspenso — o *Schwebebahn* — do início do século passado, de onde, em 1950, Tuffi, a filhote de elefante e garota-propaganda de um circo, se jogou pela janela.

Coloco suas cartas na mesa de cabeceira sobre os postais e selos que planejo enviar, tiro da mala as meias, as botas e transfiro da mesa para o armário o vestido de lantejoulas, já cheio de falhas e buracos opacos, e escuto ainda mais pedaços caindo no chão: pedaços de mim caindo no chão, pedaços de mim e de você caindo no chão. Um dia o vestido ficará nu, exibindo não mais que os caminhos das linhas que seguravam os brilhos em um pano áspero demais, velho demais.

Vou ficar neste quarto por semanas, confusa a respeito da soma de quantas cervejas, *schnitzels* ou lenços de papel consumi. Quando os aplausos do teatro na cidade vizinha cessarem, voltarei para cá, onde na mesa de cabeceira a pilha de postais, selos e lantejoulas caídas também terá aumentado. É como se, ao juntar essas partes que se desprendem, eu pudesse traçar um mapa deste lugar que inventei pra você e que, assim como algumas cidades, não existe. É como se, ao imaginar essa cartografia, eu pudesse voltar para um endereço seguro onde encontro sempre fios do seu cabelo no chão.

"A cidade está aí embaixo", você diz numa carta. Tenho tempo suficiente para caminhar até a Catedral, dobrar o pescoço para trás, mirar o topo, aproveitar dois minutos de sol em Colônia, comprar os bilhetes de ida e volta na estação principal e chorar em todas as horas erradas: ao pedir meu almoço, ao entrar na Ópera, ao encontrar meu assento. Justamente nessa temporada o trem suspenso de lá não circula e eu não posso me jogar para nenhum outro lugar que não esta cadeira na oitava fila frente a um palco coberto de cravos que em menos de duas horas estarão pisoteados.

De desmedida: está nos meus olhos que se inundam quando, no saguão do teatro, reconheço bailarinos que já não dançam mais; está na minha boca que não fecha ao percorrer os pôsteres e fotografias pendurados pelas paredes do local; nos meus dedos trêmulos que contam 2,5 euros em moedas para comprar o programa inteiramente escrito numa língua que desconheço; e no meu riso que escapa quando avisto o tapete de flores cor-de-rosa que cobre o palco, e na minha cabeça que lentamente se move de um lado para o outro porque eu quase não acredito quando, no meio da plantação de cravos, um homem, sozinho, trajando terno e gravata e embalado por uma melodia da década de 1920, inicia gestos precisos da linguagem de sinais que descreve toda a letra da música que afirma que *"someday he'll come along, the man I love"*.

Na mesma peça, os batimentos cardíacos de alguns bailarinos são amplificados através de microfones. Os seus, em todos os abraços, eram tambores rufando.

Saio pela porta da frente, dobro à direita e caminho pela rua comprida e sem atrativos até o final: nenhuma vitrine ou anúncio até avistar os letreiros coloridos da estação central, só essa música que sai dos fones direto para uma lembrança — tento afastá-la. Atravesso a estação, as malas de rodinhas, as mochilas surradas, os mapas que se abrem e escondem rostos, o acúmulo de guimbas de cigarros na entrada, os avisos sonoros insondáveis, as ofertas abundantes de empacotados, açúcares e químicas que me fazem duvidar do conceito de alimento, e todos os painéis de horários e plataformas pontuais, as interrogações e dúvidas que vão se acumulando em testas franzidas e lábios mordidos. Ao chegar do outro lado, mais uma vez a catedral: imponente, suja, encalacrada entre a cidade velha, o rio, o museu e o disparo de flashes, celulares, câmeras e turistas. Continuo em frente até que caia a chuva, até que a chuva engrosse, até que precise de um novo par de botas: procuro abrigo num restaurante de mesas, cadeiras e paredes de madeira, cheio de ganchos que penduram casacos por todos os lados, abrindo espaço apenas para as janelas de vidro trabalhado e esquadrias de ferro escuro. Desligo a música e aceito uma cerveja local, e sorrio, e passo os olhos no cardápio sabendo que não há menu em inglês ou em outro idioma desvendável e sorrio, e tomo outra cerveja e faço o pedido e sorrio ao devolver o cardápio, e, quando estou na quarta ou quinta cerveja, choro um pouco, antes que a comida chegue e antes que, junto dela, eu mastigue lágrimas.

O bailarino está parado de perfil para a plateia. O cenário é o de um café composto por mesas, cadeiras de madeira, portas nas laterais e no fundo do palco. Um outro bailarino encarrega-se de retirar do caminho das bailarinas as cadeiras, abrindo espaço para uma delas avançar em direção ao que está ali imóvel. Seu caminhar é trôpego, seus braços estão estendidos em rotação à frente de seu corpo, palmas das mãos viradas para cima. Descalça e de olhos fechados, ela choca-se suavemente contra o bailarino, cheira seu pescoço. Eles se abraçam. Um terceiro bailarino adentra a cena por uma das portas cenográficas das coxias. Calmamente, desfaz a figura, desenlaçando os braços do casal um a um e reposicionando-os de forma a depositar a bailarina, deitada, nos braços de seu par. Permanecem assim por alguns instantes: os braços dele cedem ao peso e ela despenca no chão, levantando-se rapidamente e abraçando o companheiro outra vez. O terceiro bailarino, que já se encaminhava para a saída, volta, desprende--os novamente, rearranja os corpos e posiciona a mulher nos braços do homem. Vira-se para a porta, ela despenca, levanta-se rapidamente e abraça o companheiro outra vez. O bailarino volta, desprende-os novamente, rearranja a figura e desta vez já se percebe a respiração entrecortada dos intérpretes, sobretudo a da mulher. A ação se repete cada vez mais veloz até que o terceiro bailarino saia definitivamente do palco, as respirações tornem--se ofegantes e a mulher e o homem incorporem a sequência completa sem o auxílio do terceiro, mas agora com pressa, sem precisão, num fluxo urgente de tombos e suspensão até o abraço derradeiro, aquele em que parece haver sucção dos corpos um contra o outro, grudados, cansados, vencidos.

Penso: você, saudade, putz grila.

A essa altura das férias, com a coluna maltratada, qualquer perspectiva de ficar sentada é um alento. Viajar é como tomar um elixir da juventude meio perverso: ando o que não caminharia uma vida inteira, sou capaz de arrastar malas pesadas até o outro lado do rio e qualquer incompreensão faz parecer que o mundo é um lugar apaixonante, mesmo que meu quadril sofra dores semelhantes às provocadas por uma agulha espetada repetidamente num boneco de vodu que tem a minha cara. Então faço isso, mesmo quando não é dia certo: sento-me em plateias imaginárias.

Ao meu lado percebo um par de ombros tensionados e deles os braços que se projetam e se flexionam pelos cotovelos em forma de quadrado na frente do rosto; a cabeça, levemente inclinada para cima, vai deitando para o lado esquerdo na mesma medida em que as linhas da testa ficam cada vez mais visíveis, espécie de careta formada por excesso de atenção e dificuldade. O tronco segue a direção da cabeça e vai se dobrando para o lado até já não ser possível manter a posição dos braços e das pernas; o joelho direito é o primeiro a tocar o chão, logo o esquerdo, logo é necessário ajoelhar--se, e logo a figura pende tanto que a cabeça toca o calçamento e a única coisa que não se altera é a expressão do rosto, ela já está deitada apontando a câmera e quero alertá-la de que essa fotografia vai ficar uma merda.

Uma parede de musgo, grama e plantas ocupa todo o fundo do palco: espessa e imponente, deixa pingar água de algumas folhas, gotas imperturbáveis como a habilidade das bailarinas em dançarem trajando vestidos longos, volumosos. Os homens usam calça e camisa social em variações de cáqui e dançam sem deus e sem sapatos. A música que murmurarei pelos quatro ou cinco dias seguintes embala uma cena que eu poderia tatuar na pele: uma bailarina usando uma camisola finíssima caminha em direção à parede, se agacha próximo ao penhasco e com o auxílio de um balde se banha com o acúmulo da goteira que ao longo da peça se formou num vão planejado no fundo do palco.

Um dançarino entra correndo em primeiro plano e de repente desliza até frear: ele começa uma sequência de movimentos em que o corpo todo participa e seus braços se voltam constantemente para o céu, assim como a cabeça, e tudo parece sair bem do centro de seu tronco para as extremidades, como se lançasse raios de si mesmo ao redor, num espaço que se cria e se estende e que o faz parecer imenso. Ele se reveza com outros que executam a mesma sequência de corrida, deslize, freio: braços e cabeças para além, e é como se por uma fração de segundo eles se congelassem numa pose no exato instante em que suas mãos apontam, precisas, para cima, para logo então se dissiparem, e há uma urgência nessa escala. O palco não pode ficar sozinho, e nós não podemos e não queremos ficar sozinhos. Os homens entram e saem velozes em contraste com ela, a bailarina, a essa altura encharcada, vagarosa, brincando com seus cabelos, roupa agarrada ao corpo. Eles dançam e dançam e nem percebo como e em que momento ela desaparece, se sai caminhando e entra por uma das coxias ou se jaz afogada num lago que se insinua.

Escrevo para L. com uma recordação: naquele final de *Ten Chi* vi um sujeito que, a passos lentos, se aproximou do palco, a nuca alongada num calombo que denota o foco de um olhar concentrado em apreender aquela cena. Ele arrasta a palma da mão sobre a beirada do tablado, recolhe um punhado de neve cenográfica e a deposita no bolso do casaco. Não sei se vi isso de fato, ou se inventei essa cena em que mais alguém também guarda instantâneos para não se esquecer depois.

Faz um gelo de interditar cidades, mesmo que seja outono, e acordar torna-se um desafio: sinto a pele se abrir em esgarços, pequenas feridas se depositam nas dobras dos dedos, a textura do rosto é agreste e o nariz sangra.

Na praça central as estátuas vivas se protegem do vento como podem e se oferecem para fotos tão precárias quanto as que os turistas tentam fazer. Não tenho coragem de tirar minhas mãos de dentro das luvas, nem para segurar o café que tomo sabendo que você não vai chegar — atrasado, esbarrando em mesas.

Esfriou tanto que preciso colocar um casaco pesado que esconde o brilho das últimas lantejoulas — e com isso ficam disfarçados também os buracos cada vez maiores desse vestido que testemunha traslados, danças e que guarda as suas velhas tentativas de invasão.

Mas se você chegasse, acho, eu assumiria o papel de contar histórias, de inventar tantos mundos, como os que você narrava entre rouquidão e sorrisos.

— Fiquei pensando naquela conversa e me pergunto se ele morreu mesmo.

— Major Tom?

— É que tem aquela outra música, que faz parecer que tudo não passou de uma viagem alucinógena, de uma metáfora junkie.

— De qualquer maneira, ele nunca mais voltou, né?

Envio postais meio mentirosos — ou meio verdadeiros — para C. Tenho saudade de boiar com ela na praia, mas não quero voltar ainda.

No trajeto dos Correios para o hotel perco horas num museu tão iluminado que me faz esquecer o tempo que parece uma depressão lá fora. Os vigilantes que tomam conta das salas amplas parecem cães de guarda farejando cliques clandestinos ou arrebatamentos que possam interferir na ordem das coisas e procuro me conter quando descubro um Yves Klein rosa que destoa de todo o azul.

Surpreendo-me ao avistar uma mulher encostada numa parede de uma sala cheia de quadros dos anos 1960 ou 70, olhando fixamente e quase imóvel para alguma tela. Espantoso tanto por sua entrega quanto por ter ficado isenta dos vigilantes que, creio, dificilmente achariam uma boa ideia aquela displicência toda. Passo meio rápido por ela e quando, labirinticamente, vou dar ali outra vez, a mulher continua como que empalhada. Finalmente entendo que ela é uma obra de arte, uma escultura e uma pegadinha. Meu coração pula duas batidas, como faz toda vez que penso em Major Tom.

Ainda que Colônia reserve suas surpresas, a cidade se tornou essa sala de espera úmida e descompassada para o próximo trem.

Num cenário que reproduz um salão de baile, homens e mulheres em ternos e vestidos de festa estão sentados, alinhados em cadeiras no fundo do palco.

Uma das bailarinas, trajando vestido rosa de cetim, levanta-se e caminha para o proscênio. Seu rosto não denuncia nenhuma expressão. Ela leva as mãos à cabeça, como que ajeitando os cabelos para trás, vira-se para o fundo do palco, torna a ficar de frente para a plateia e logo se oferece para uma espécie de inspeção: mostra os dentes, põe-se de perfil, estufa o peito, estende os braços à frente mostrando as palmas e as costas das mãos, ergue uma perna a fim de exibir a sola dos sapatos de salto, caminha de volta à cadeira. Homens e mulheres intercalam-se nesse movimento, até que todos se juntam numa fila na frente do palco e repetem os gestos da apresentação. Aos poucos a fila se desconfigura e todos caminham para suas cadeiras de origem. As duas últimas bailarinas a se virarem informam: "*Good evening! I come from Paris.*"; "*I come from Hamburg, and I'm married.*" A fila dá lugar a um bloco que reúne todos os componentes desse baile, que juntos iniciam uma sequência de passos laterais, quebra nos quadris, mais passos laterais, tudo isso avançando do fundo para a frente do palco.

Segue o baile: um casal se posta face a face. Aos poucos começam a se explorar: ele toca o nariz da bailarina, que afaga sua cabeça em retribuição. Ele alcança sua orelha, ela lhe ajeita a gravata. O segundo casal que se submete à inspeção mútua usa de certa agressividade: após um ligeiro puxão nas mãos da mulher, ela dá leves tapas no rosto dele e abusa, bagunçando a roupa do cavalheiro. A cada provocação o casal é aplaudido pelos bailarinos sentados no fundo do palco. Outros casais se cheiram, se coçam, se apertam, e esses diálogos culminam na cena mais perturbadora do espetáculo.

De pé, de frente para a plateia, uma das personagens femininas é rodeada pelos bailarinos, que aos poucos vão lhe tocando. Encostam as mãos em seu rosto, enfiam-lhe dedos no nariz, levantam um braço que despenca sozinho, coçam-lhe as axilas, encostam a cabeça em sua barriga, tiram seu sapato, esfregam as mãos sem piedade por seus cabelos, espetam-lhe as ancas. O que começa de forma sutil, curiosa, intensifica-se até que noto uma careta de desconforto no rosto da bailarina. Os homens tornam-se cada vez mais invasivos, sem parecer ter noção de sua própria força: já não sei mais o que é ternura ou violência, e uma ideia se engalfinha na outra de forma que já não existem mais separadas.

Passo uma noite em claro com uma nesga da janela aberta: há duas outras versões da mesma peça, uma delas executada por um elenco de idosos, outra dançada por um grupo de adolescentes.

A coreografia é a mesma, mas cada grupo imprime as limitações de seus corpos nos gestos ensaiados. A vulnerabilidade de cada grupo tem razões distintas, mas na raiz delas a necessidade de aprovação e afeto é evidente. Sejam rugas, calvícies, peles com problemas de acne ou joanetes exacerbados, bailarinos, velhinhos e adolescentes estão no palco tornando públicos seus esforços para a conquista enquanto na plateia — ou na poltrona meio cafona de um hotel alemão — alguns de nós esperam por aqueles aparatos de segurança que costumam surgir em caso de emergência.

É sempre a mesma história, mas, parando pra pensar, nem chego perto de contabilizar de quantas maneiras ela se desenrola. E não porque seja preciso aprimorá-la, mas porque ninguém quer ficar condenado à mesma coisa, e porque, a cada execução, a narrativa se transforma tanto. Definitivamente, não quero voltar. Tem alguma coisa que, afinal, funciona nessa insistência.

Consigo um bilhete para a reprise de *Nelken*. Outra vez os cravos, os cães ferozes amarrados em coleiras, ladrando entredentes. "As pastorinhas" também, e Caetano. E todos nós, espectadores, ao final, rondando o palco enquanto cobiçamos cravos, enquanto os funcionários da companhia encaixotam as flores, enquanto os funcionários do teatro nos repreendem severamente e explicam em alemão que há flores de temporadas passadas à venda no foyer, que elas vão sendo substituídas à medida que envergam ou que estão prestes a se desfazer. Compro duas. Choro potes por não poder dar uma pra você.

Espero na lateral do teatro como quando fazíamos à saída das peças infantis para tirar fotos com os Saltimbancos ou as princesas. É bom descolar-se da idade e sentir aquela alegria acelerada do peito, contentar-se com a bobagem que é tentar ter mais um pouquinho das coisas tão efêmeras: um sorriso que se abre no rosto do bailarino já sem maquiagem quando você o parabeniza, enquanto segura dentro do bolso a câmera, sem saber se extrapola ou não a timidez e pede um registro, mas de repente o céu desabotoa, o grupo de dançarinos emenda uma conversa estrangeira, num atabalhoamento abro meu guarda-chuva e quando me viro para atravessar a rua dou uma trombada na aba de um outro guarda-chuva, o de Dominique Mercy, que já não dança mais. Peço desculpas em português.

— Desculpas por que, afinal?

— Por achar tão lindo?

"I never can say goodbye", cantava o Michael Jackson quando ainda era criança, e todo ano ele morre de novo.

Enquanto não volto, L. me aconselha a escrever sobre as minhas vivências em Wuppertal. Mas como dizer? Como contar de elefantes que se aventuram por entre as janelas de um trem suspenso? E de bailarinos que se lançam numa reinvenção de seus corpos e de si mesmos, e de nós mesmos — um só existindo à custa do outro, todos bambos à procura de um eixo? Como escrever sobre o que se passa nessa cidade insólita que nem sequer existe?

Penso no prólogo de um livro em que José Gil traz uma fala de Merce Cunningham que é um alento às tantas perguntas, minhas, suas e, possivelmente, às inquietações de Tuffi: "Perante o vazio, [o bailarino] está só, de uma solidão que o arranca para fora de si. Está só e fora de si. O seu gesto vai na direção dos outros corpos. Como dançar esse gesto? Como fazer? 'Fazendo-o', diz Cunningham."

— Pensando em retrospecto, talvez fosse isto: ser viável neste nosso tempo não vale muita coisa.

— E o possível era inventar outro mundo?

*

A pergunta "Quando alguém lhe obriga a amar, como você reage, então?" era uma das várias de uma lista que Pina Bausch usou para conceber *Nelken.*

"Quando você chora, como chora?" era outro ponto de partida para a companhia, e à primeira vista ter de escolher apenas uma única maneira de fazer isso é aprisionador.

Mais do que mostrar como choram, os bailarinos parecem responder *o que* choram. É como se dançassem substantivos que ganham adjetivos, advérbios e contornos vindos dessa outra parte que está alocada em poltronas nas plateias. Por isso fazem o choro de incontáveis maneiras, tantas quantas seus gestos e os de tantos outros permitirem.

Choramos uns aos outros, então.

Leio entrevistas em que Pina diz que formou sua companhia porque queria dançar, mas por alguma razão acabou se fixando nos bastidores e nas narrativas que outros bailarinos construiriam com ela. Apesar de sua imagem icônica e meio sonâmbula percorrendo os espaços de *Café Müller* de olhos fechados, é o registro de suas mãos de dedos intermináveis dançando sobre fundo negro que mais guardo, um que me deixa suspensa por alguns instantes, como o tempo exato de contar dezesseis ou dezoito reais em notas de dois, e que, por mais efêmero que seja, só silencia dias depois, reverbera como uma dízima periódica numa progressão que não se pode medir aonde vai dar.

"*Yo no sé cómo amar a un elefante*", diz o verso que trago sempre na bolsa. Ao menos não em teoria. Na prática é só se deixar levar por uma dança, por poesia, ou por você. E o fantasma passa a ser essa impossibilidade de fazermos juntos.

Tuffi, a filhote de elefante, teve o bumbum machucado quando se atirou do trem suspenso de Wuppertal. Ao menos é o que informa o site oficial da municipalidade. Consta, também, que ela tinha quatro anos quando do acidente; que foi resgatada do rio Wupper pelo diretor do circo para o qual fazia a ação de marketing; que virou suvenir oficial da cidade. Tuffi viveu até o final da década de 1980 e foi tema de um livro infantil alemão. A Wikipédia afirma que as imagens encontradas na web nas quais se vê um elefante no momento em que se lança para fora do *Schwebebahn* são manipuladas, uma das razões pelas quais a gente confunde tudo e já nem pode ter certeza de determinadas sobrevivências.

Arien, uma peça que conta a história de amor entre uma mulher e um hipopótamo, torna evidente como a relação entre um homem e uma mulher pode parecer tão impossível quanto a relação entre um ser humano e um hipopótamo. Ou um elefante. Não é simples encontrar lugar para existências tão grandes.

"Alterne os planos, dificulte os movimentos", sugere a professora, enquanto executo a proposta do exercício que me deixaria sem fôlego, esparramada no chão. É fácil confiar nesses conselhos meio brutos quando eles são chaves para inventar espaços, mundos.

Comecei a desistir das coisas certas, como as piscinas, e detonei outra vez os gatilhos do que me mantém em movimento. É complicado e delicioso descobrir novos gestos, e dolorido, não só pelas fragilidades e engrenagens emperradas do corpo, mas porque nessa persistência por encontrar a desmedida de tudo o que, aos poucos, começa a emergir de sob o tapete, vai haver sempre um buraco, um pedaço meio fosco de tecido para o qual já não se encontra o brilho certo.

A um de seus bailarinos, Pina disse: "Você precisa me assustar." É o que acontece quando ficamos donos de tudo o que é nosso: ligamentos, pés, calma, ataque, articulações, pulso, desejos.

Toda vez que vejo, entre um livro e outro na prateleira, os cravos enfiados naquela garrafa de água mineral que bebi no trem de Wuppertal para Colônia, tenho vontade de jogar terra neles para adubar essas lembranças. Toda vez que tento escrever esta história penso no seu verso: "Não há costura que te possa." Não era pra mim, mas, se há locomotivas que não freiam nem elefantes, se não sobrou uma lantejoula sequer no vestido, e se os bons encontros promovem essa tomada de territórios, então começo a pensar que posso subverter uma intenção ou outra.

Numa última cena, aceito um convite: num espaço aberto à beira da Baía de Guanabara, assumo o outro lado. Aproximo-me de espectadores e estendo a eles um guardanapo de pano, pedindo que leiam o texto escrito ali. Executo as instruções que viram uma dança, agradeço a leitura do primeiro e me encaminho para o próximo: peço que leia o mesmo texto da forma mais lenta possível, e as mesmas instruções dão vida a uma outra dança. Digo "obrigada", e peço ao leitor seguinte que embaralhe as frases e as verbalize na ordem que quiser. E mais um quarto as lê aos atropelos, com a maior rapidez que seja capaz. Um quinto espectador lê o texto de trás pra frente, outro suprime trechos ou repete excessivamente apenas uma das ordens, e segue o baile, tantos outros poderiam ler como bem entendessem, e eu poderia dançar como bem conseguisse. E consigo, apesar do espanto. E é sempre para você.

Portanto, sim, isto é uma dança. É uma resposta possível e terrivelmente atrasada, eu sei. É um emaranhado de coisas que não contei. Nem para você, nem para O., nem para ninguém a quem tenha endereçado postais, bilhetes, teses. É um pisotear de cravos ou de qualquer outra flor já maltratada, a forma que encontrei de manter vivos nossos jardins.

Agradecimentos

Aos meus pais e à minha irmã, por todo o incentivo.

Aos amigos que, com suas leituras preciosas dos primeiros esboços deste livro, me ajudaram a chegar à versão final: Cissa Malan, Elisa Menezes, Isabel Junqueira, Manoela Sawitzki, Marcelo Grabowsky, Miguel Conde e Miguel Jost, que de certa forma foi o primeiro leitor deste texto.

À Clara Gerchman e ao Luiz Felipe Reis, que também estão nestas páginas.

A todos na Editora Record, especialmente a Thaís Lima, Duda Costa e Carlos Andreazza.

À Lucia Riff e à Vivian Wyler, dois faróis dos meus caminhos literários.

Este livro foi composto na tipologia Sabon
LT Std, em corpo 12/17, e impresso em
papel off-white no Sistema Cameron da
Divisão Gráfica da Distribuidora Record.